AF509538

HYMNE

A

Sainte Geneviève.

IMPRIMERIE DE GAULTIER-LAGUIONIE, HÔTEL DES FERMES.

HYMNE

A

Sainte Geneviève,

Par M^ELLE Delphine Gay.

CHEZ URBAIN CANEL, LIBRAIRE.

PLACE SAINT-ANDRÉ-DES-ARCS, N° 30.

P. DUPONT, RUE DU BOULOI, HÔTEL DES FERMES.

1825.

Hymne [1]

A Sainte Geneviève.

Patrone de la France, amour de nos ayeux,

Sur tes autels nouveaux daigne abaisser les yeux.

Ce n'est point le pasteur que la foule accompagne,

Qui, des cieux enflammés réclamant quelques pleurs,

Promène ton image à travers la campagne,

Pour obtenir de toi des épis et des fleurs ;

Ce sont des rois, sainte bergère,

Ce sont des rois qui viennent te prier ;

---

[1] Les tableaux admirables dont M. le baron Gros vient d'orner la coupole de l'église Sainte-Geneviève ont fourni le sujet de cette pièce de vers.

Bénis-les, et devant ta houlette légère
Leur sceptre va s'humilier.

Au nom de ses hauts faits le premier qui t'implore
Est Clovis, ce barbare au courage indompté;
Des faux dieux il brisa l'autel ensanglanté,
Et du jour de la foi son règne fut l'aurore.
Long-tems, chez les chrétiens, répandant la terreur,
Ses pas furent marqués par le sang et la flamme;
Mais pour le désarmer, l'arracher à l'erreur,
Dieu mit tout son pouvoir dans les yeux d'une femme:
« Ah! lui disait Clotilde, en tombant à genoux,
« Reconnais de mon Dieu la puissance suprême;
« Lorsque tu triomphas il combattait pour nous.
« Viens épurer ton cœur aux sources du baptême;
« Viens, le Seigneur t'appelle au séjour des élus;
« Dans ces lieux fortunés où la gloire est plus belle,

« Où l'ame, pour aimer, doit renaître immortelle,

« Où ceux qui se pleuraient ne se quitteront plus! »

Ainsi l'on vit jadis cet ange de lumière

Au premier roi chrétien enseigner la prière;

Ainsi Clovis, rêvant le céleste séjour,

A la religion arriva par l'amour.

Sur tes autels couverts de rameaux et de gerbes,

Ce roi victorieux qu'un regard a soumis,

    De ses farouches ennemis

    Vient déposer les dépouilles superbes.

Il t'offre encor, pour prix de l'hospitalité,

Le vase précieux qui garde l'huile sainte,

Et qu'autrefois dans la divine enceinte

    La colombe avait apporté.

Ce n'est point le pasteur que la foule accompagne,

Qui, des cieux enflammés réclamant quelques pleurs,

Promène ton image à travers la campagne,

Pour obtenir de toi des épis et des fleurs;

Ce sont des rois, sainte bergère,

Ce sont des rois qui viennent te prier;

Bénis-les, et devant ta houlette légère

Leur sceptre va s'humilier.

Le voilà devant toi, ce géant des armées !

De ces fiers paladins qui devancent ses pas,

De ces casques d'airain, de ces longues framées,

De ces arcs menaçans qui lancent le trépas,

Reine de nos moissons, ne t'épouvante pas!

C'est le libérateur des fils de l'Allemagne,

L'empereur des Romains, le plus grand de nos rois;

Des peuples délivrés qu'il rangea sous ses lois

Ce héros a reçu le nom de Charlemagne;

Au-dessus des vainqueurs cherchant à s'élever,

Il conquit l'univers et sut le conserver;

Il l'offrit au Seigneur dans sa reconnaissance,

Et le Seigneur permit l'excès de sa puissance.

L'incrédule a prié devant son étendard ;

Partout on vit planer son aigle vagabonde ;

Dans sa main triomphante il renfermait le monde,

    Et le gouvernait d'un regard.

Ce n'est point le pasteur que la foule accompagne,

Qui, des cieux enflammés réclamant quelques pleurs,

Promène ton image à travers la campagne,

Pour obtenir de toi des épis et des fleurs ;

    Ce sont des rois, sainte bergère,

    Ce sont des rois qui viennent te prier ;

Bénis-les, et devant ta houlette légère

    Leur sceptre va s'humilier.

Vierge, tu reconnais à sa blanche bannière

Ce royal pélerin, cet auguste martyr,

Qu'au mépris des périls son peuple a vu partir

Pour délivrer de Dieu la tombe prisonnière.

Hélas! ce grand dessein lui coûta le bonheur

De revoir son pays et sa mère adorée;

Car la mort l'attendait sur l'aride contrée;

Et l'on dit que jaloux d'un doux et triste honneur,

     Le vieux chêne de la patrie,

Sous lequel ce bon roi prodiguait ses secours,

S'étonnait aux récits de la foule attendrie,

Qu'un roi Français allàt finir ses jours

     Sous un palmier de la Syrie.

Mais le sort de l'état, mais l'intérêt des cieux,

Imposaient à Louis ce pieux sacrifice :

La révolte élevant son front audacieux,

Du trône menaçait d'ébranler l'édifice;

Pour régner il fallait ou combattre ou punir;

Aux nobles factieux Louis parla de gloire,

Et tous, sous ses drapeaux venant se réunir,

De leurs ressentiments perdirent la mémoire,

Et n'aspirèrent plus qu'à la même victoire.

Leurs vassaux gémissaient sous un joug détesté :

Louis, prenant pitié d'un si dur esclavage,

De ces cœurs abattus ranima la fierté,

En leur offrant pour prix du saint pélerinage

  Le martyre ou la liberté.

Ce n'est point le pasteur que la foule accompagne,

Qui, des cieux enflammés réclamant quelques pleurs,

Promène ton image à travers la campagne,

Pour obtenir de toi des épis et des fleurs;

  Ce sont des rois, sainte bergère,

  Ce sont des rois qui viennent te prier;

Bénis-les, et devant ta houlette légère

  Leur sceptre va s'humilier.

Mais regarde à tes pieds cette illustre victime,

Celle qui consolait à travers ses douleurs;

Pour la fille des rois qu'un saint zèle t'anime,

Réserve des bienfaits dignes de ses malheurs.

    Ange de paix, née au sein des alarmes,

Son regard sur le Ciel est sans cesse attaché;

Vois, sous les diamants son front pâle est caché,

      Et ses yeux sont parés de larmes!

De cet auguste roi qui prie à ses côtés,

De ce noble proscrit elle n'est point la fille :

Dans nos jours de discorde et de calamités,

La faux de la Terreur moissonna sa famille.

En vain pour dérober son père au coup fatal

      Elle voulut donner sa vie;

Le Ciel n'exauça point sa généreuse envie,

Et le sang pur coula sur le trône natal.

Ce prince qu'animait la foi consolatrice,

De la religion imitant les héros,

Pour le bonheur de tous s'offrit en sacrifice,

Et sa voix, qu'étouffaient les cris de ses bourreaux,

Les bénissait encor du haut de son supplice.

Elle seule resta de ses tristes enfants;

Car Dieu voulait qu'un jour on la vît sur la terre,

> Dans sa clémence héréditaire,

> Contre ses vengeurs triomphants

> S'armer du pardon de son père.

Dans ton saint temple elle vient aujourd'hui

Pour un roi fondateur réclamer ton appui.

Prépare tous les dons que le Ciel lui destine,

Vierge, voilà ses droits à la faveur divine :

> Il respecta les pompeux monuments

> Grandis dans ses jours de souffrance;

Instruit par les revers, l'exil et ses tourments,

Des lois d'un peuple libre il a doté la France;

Et fier de commander à ces nobles guerriers

> Dont la gloire encor l'environne,

> Il adopta leurs vieux lauriers

> Pour en parer sa nouvelle couronne !

HYMNE.

Patronne de la France, amour de nos ayeux,

Sur tes autels nouveaux daigne abaisser les yeux.

Ce n'est point le pasteur que la foule accompagne,

Qui, des cieux enflammés réclamant quelques pleurs,

Promène ton image à travers la campagne,

Pour obtenir de toi des épis et des fleurs;

Ce sont des rois, sainte bergère,

Ce sont des rois qui viennent te prier;

Bénis-les, et devant ta houlette légère

Leur sceptre va s'humilier.

Mais quel homme a passé sous les voûtes du temple?

Les rois en s'inclinant ont suivi son exemple;

D'où vient que cet asile est soumis à sa loi?

Ce n'est point un guerrier, il ne fut jamais roi;

Cependant, pour franchir la barrière sacrée,

Les princes de la terre attendaient son entrée.

On ne voit ni le fer , ni le sceptre en sa main ;

Armé de ses pinceaux il ouvre leur chemin ;

Du trésor de son art enrichissant l'histoire,

Des héros qu'il ranime il partage la gloire ;

Et gravant à jamais leurs bienfaits immortels,

Avec eux il se place aux pieds des saints autels ;

Car des rois en ces lieux la puissance est finie,

Et l'immortalité n'appartient qu'au génie.

9 782329 627526